Pourquoi ?
Pourquoi cette fausseté
dans les rapports humains ?
Pourquoi le mépris ?
Pourquoi le dédain ?
Où est Dieu ? Que fait la police ?
Quand est-ce qu'on mange ?

Ces chroniques culinaires
de Pierre Desproges, « Encore des nouilles »,
ont été publiées entre septembre 1984
et novembre 1985 dans *Cuisine et Vins de France.*

Dépôt légal : septembre 2014
Numéro d'édition : 65
ISBN : 978-2-35766-076-2
Imprimé en France par Clerc

DESPROGES

ENCORE DES NOUILLES

(Chroniques culinaires)

LES ÉCHAPPÉS

Histoire d'une chronique improbable

par Élisabeth de Meurville

Comment Pierre Desproges, star irrévérencieuse du petit écran, collaborant à *Hara-Kiri* et au développement de l'humour caustique dans les chaumières, a-t-il atterri dans les pages de cette revue bourgeoise, repue et bien élevée sous tous rapports, qu'était *Cuisine et Vins de France* en 1984 ? En ce temps-là, les abonnés étaient plus souvent toubibs ou notaires que dérangeurs publics. Et l'on y lisait des articles sur les restaurants étoilés, les gros cigares, les grands crus et les belles voitures : c'était un magazine « masculin CSP + » (entendez un journal acheté par des mâles de catégories socioprofessionnelles de haut niveau). Des « bourgeois » bons vivants, comme on les aime dans nos provinces. Et c'est sur le côté bon vivant justement que s'ajusta Pierre Desproges.

Je publiais alors une série d'interviews de célébrités dotées de cette caractéristique — Michel Polac, Jack Lang, Claude Brasseur, Bernard Pivot… —, et, grâce aux coordonnées confiées par un ami commun, le dessinateur Claude Serre, fut organisé un déjeuner en tête à tête avec Pierre Desproges. Chez Guy Savoy. Confidences sur l'assiette dans laquelle défilaient les éléments les plus réjouissants d'un menu dégustation et sur le verre garni d'un séduisant Lynch Bages 1980. Et la machine s'enclenche : comment résister à un homme qui vous déclare dès le premier amuse-bouche : « Ma cave, c'est toute ma vie. Enfin presque… j'y tiens énormément ! J'y descends souvent pour parler à mes vins, les caresser

du regard » ? Comment rester insensible à un tel aveu, d'autant qu'il fut, dès la seconde bouchée avalée, suivi du récit du parcours initiatique de cet amateur averti : « C'était en 1960, mes parents avaient acheté une maison à Bourgueil et, pour célébrer la vente, le propriétaire a ouvert, en toute simplicité, une bouteille de Château Margaux 1928. J'étais le plus jeune de l'assemblée et fus, de ce fait, chargé du service. Je n'avais pas vingt ans et j'ai pris la bouteille avec toute la candide brutalité de cet âge. Huit des dix personnes présentes se sont levées, horrifiées. Un instant, j'eus la sensation d'avoir commis un meurtre. Depuis, je me rachète, je me repens de ce geste brusque, impardonnable. »
Deux douzaines d'années plus tard, l'impertinent œnophile se trouvait à la tête d'une cave d'environ mille bouteilles, composée pour une bonne moitié de bordeaux rouges, notamment de graves, et, pour le reste, de grands bourgognes blancs — chablis premiers crus et meursault — et de champagne, sans oublier quelques crus du Val de Loire. Et parlait de ses vins avec un amour sans limites. Puis il aborda le solide : « Oui, je fais souvent la cuisine. Beaucoup de plats à base de pâtes : j'ai mis au point un mélange de viandes et d'herbes pour faire une sauce de style bolognaise. Si j'en suis venu à la bouffe, c'est par besoin de travail manuel. Pour que l'activité cérébrale soit bonne, il faut se détendre dans le travail manuel. Or, je suis affligé d'une double tare : je suis un gaucher contrarié et je suis dyslexique. Cela me gêne pour bricoler.

Devant mon incapacité à fabriquer des bibliothèques ou des porte-revues, je me suis mis à la bouffe. Ce n'est pas un pis-aller car la cuisine est, aussi, une création artistique. Le goût et l'odorat sont des sens dignes de toutes les estimes. En fait, je suis un sensuel qui a des activités cervicales. » Un lapsus pour faire rire.
À l'heure du petit café, à peine notée la recette du « pâté de sardines à la desprogienne », la journaliste que j'étais, surnageant péniblement dans le machisme ambiant qui régnait alors sur la table et à la cave plus encore qu'ailleurs, ne pouvait laisser partir ainsi cet homme qui préférait les fourneaux à l'établi et parlait de sa gourmandise avec tant de plaisir et de simplicité. Je lui proposai donc d'écrire une chronique pour notre mensuel. « Pas le temps, trop de boulot... » Final dépitant : je rentrai au journal un peu déçue. La nuit portant conseil et donnant parfois des idées, dès le lendemain, j'appelai Pierre Desproges et lui mis le marché en mains : « Si vous acceptez cette rubrique, je vous paye en liquide... rouge ou blanc ! » Éclat de rire : c'était gagné ! Certes, certains ont eu du mal à digérer cette rubrique décalée — une abonnée a même écrit pour dire qu'elle arrachait la page avant de lire sa revue ! —, et la direction du groupe n'a pas été convaincue tout de suite. Mais le talent de Pierre Desproges et l'évolution des mœurs ont fait le reste. Les lecteurs se sont régalés. L'aventure a duré à peine plus d'un an, mais elle peut revivre : « Encore des nouilles », c'est un plaisir sans rides !

PÂTÉ DE SARDINES
À LA DESPROGIENNE

Il faut des sardines
des Dieux de Saint-Gilles-
Croix-de-Vie. Écrasez
deux boîtes de sardines
(après avoir enlevé
les boîtes et les arêtes
centrales) avec 150 g
de beurre salé vendéen
(les sardines sont habituées).
Ajoutez une grosse cuillerée
à soupe de concentré de
tomates et autant de ketchup.
Malaxez tout cela avec le jus
d'un citron, une dizaine
de feuilles d'estragon finement
coupées, du sel (un peu),
du poivre, un peu de piment
en purée, quelques grains
de fenouil écrasés, une
cuillère à café de pastis,
quelques brins de ciboulette
coupés fin (on peut remplacer
l'estragon par de la coriandre
fraîche). On mélange,
on met dans une terrine
et on sert très frais.

« Avec ça, je fais un tabac.
Je méprise un peu ce plat
car je le trouve vulgaire
mais c'est très bon
et ça en jette. »

ON N'EST PLUS EN 1984!
ASSOCIATION POUR LE RESPECT DES CIGALES
RIRE DE TOUT, C'EST FINI!
FUCK DESPROGES!
CHARB

Gastronome approximatif

C'est avec l'humilité d'un gastronome approximatif doublé d'un buveur anarchique que j'ose aujourd'hui, chers lecteurs de *Cuisine et Vins de France*, ternir d'une plume profane votre éclatante revue chérie. Cela dit, pour être gugusse, on n'en est pas moins bon vivant, en vertu de quoi il m'arrive parfois d'avoir la fibre olfactive en éveil ou les papilles émoustillées devant ces merveilles du génie humain que sont les vins et les mets de par chez nous. Pire : quand l'appétit m'exacerbe les sens et que l'envie m'en prend, j'ose alors carrément mettre la main à la pâte et confectionner quelques plats dont les moins bien intentionnés de mes amis reconnaissent qu'ils ont mangé pire dans le TGV, le vendredi saint.

À titre d'exemple, et, encore une fois, toute honte bue, mâchée et digérée, qu'il me soit permis de

vous soumettre ici l'une de mes recettes, celle qui aurait pu me rendre célèbre au-delà des frontières naturelles du cocon familial, si elle n'avait été à l'origine d'une poussée d'hépatites B chez les plus rancuniers de mes beaux-frères, oncles et cousins du côté de ma femme, laquelle est originaire de la Vendée, contrée probablement sous-développée sur le plan culinaire, au point que tout plat qui s'écarterait des deux modèles de base, « haricots blancs-crème fraîche » ou « canard challandais », y passerait pour inconsidérément exotique.
Cette recette, c'est celle de la cigale melba, un plat que j'ai eu l'occasion d'évoquer sur scène ou à la radio, mais dont j'ai toujours jalousement gardé la recette par-devers moi jusqu'à ce jour béni d'aujourd'hui où je vous la livre, à vous, lecteurs de *Cuisine et Vins de France*, qui en êtes seuls dignes.

CIGALE MELBA
pour 6 personnes

Comptez une douzaine de cigales (de La Havane, ce sont les meilleures). Enfoncez-les vivantes dans un teckel que vous aurez préalablement muselé pour éviter les morsures. Jetez le teckel dans un fait-tout avec deux litres d'eau salée. Quand l'eau frémit, le teckel aussi.

S'il se sauve, faites-le revenir avec un oignon. À l'aide d'une écumoire, chassez le naturel.

Attention : s'il revient au galop, ce n'est pas un teckel, c'est un cheval. En fin de cuisson, passez au chinois, ou au nègre si vous n'avez pas de chinois. Servez très vite, ne m'attendez pas.

LES TECKELS EN ONT RAS LE CUL !
ON N'EST PAS DES SAUCISSES !
TECKELS EN COLÈRE !
UNE MANIF SE DIRIGE VERS LE MINISTÈRE DES CHIENS...
CHARB.

Un cassoulet sans vin rouge,
c'est aussi consternant et
incongru qu'un curé sans latin.

PARMESAN
PARMESAN
PARMESAN
PARMESAN
PARMESAN
CATHERINE

Au Vieux Canadien

En choisissant ce titre* dont la farineuse délicatesse n'échappera pas au gourmet, je pensais le justifier dans ces colonnes au retour d'une escapade vénitienne ou d'une échappée florentine. Or, c'est du Québec, où j'ai assumé pendant dix jours mes responsabilités de clown francophone, que je rentre aujourd'hui, et du Québec aussi que je rapporte, outre un rebutant porte-clés en pépé phoque pour mon aînée, et un improbable cache-pot en genou de caribou pour ma cadette, le plus riche souvenir de pâtes alimentaires qu'un nouillophile puisse rêver.

Avec l'angoissée minutie des casaniers qui s'extraterritorialisent à grande peine, j'avais préparé ce voyage en explorateur besogneux, épluchant, sur des guides éprouvés, des recettes québécoises les

* *Encore des nouilles.*

plus insolites, dans le dessein de vous en écœurer d'avance ou de vous allécher.

Tourtière au relish, steak à la sauce H.P., ragoût de pattes de cochon aux betteraves acides, telles eussent dû être les bases de mes agapes au Canada. Eh bien non, ciboire, hostie, tabernacle et robe de bure*, c'est de nouilles italiennes que le trappeur de l'Iroquois se sustente aujourd'hui. Moi qui, nostalgique à pleurer de ma francitude (si j'ose, je ne sais pas de quel droit, m'exprimer ainsi), m'attendais à retrouver chez Cartier les goûts anciens de nos marmites provinciales et chez Champlain les vraies senteurs perdues des potées ordinaires, j'ai dû là-bas calmer mes cris du ventre à grand renfort de nouilles, lasagnes, spaghettis bolognaise et verts macaronis.

Le plus surprenant est que ces étonnants Berrichons transatlantiques, Français de souche et larges de tronc, cuisinent ces pâtes à merveille, usant de la technique « *al dente* » et du semis de parmesan avec des grâces italiennes à vous faire oublier les meilleures tavernes du Rialto.

Certes, il y a peu, j'avais mangé la meilleure paella du monde au pied de la cathédrale de Strasbourg, mais je la devais à une espèce de Troisgros ibère antifranquiste émigré sous les cigognes pour des raisons compréhensibles. Alors qu'à Montréal les faiseurs de nouilles italiennes ont nom Lévesque, Thibodeau, voire Petit-Pierre, autant de patronymes

* Jurons québécois. Approximativement : bordel de merde.

hypergaulois que ces fourbes foulent à pleines bottes dans le basilic importé que leur ingratitude hache impunément au-dessus des tomates étrangères, dans le mépris consternant de nos camemberts ancestraux. Le tout arrosé de Valpolicella, mais vous aviez deviné.

Finalement, après dix jours d'errance dans la jungle des Laurentides où, sous un ciel écrasant de plomb fondu, j'écartais les lianes de pâtes fraîches, à coups de machette, je débouchai *Au Vieux Canadien*, bonne vieille taverne rustico-pompeuse tapie à l'ombre prétentieuse du Château de Frontenac de Québec où Champlain coursait l'Iroquoise en attendant la quille. Là, j'ai découvert enfin la vraie cuisine québécoise. Et croyez-moi ou non, ça ne vaut pas une bonne ventrée de raviolis.

C'est très important de bien manger. Personnellement, je me suis toujours méfié des gens qui n'aimaient pas les plaisirs de la table. Car enfin, il faut que vous le sachiez, et pas seulement dans la colle, le manque de curiosité gastronomique et de jovialité culinaire va très souvent de pair, et pas seulement de fesses, avec un caractère grincheux, pète-sec, hargneux et parpaillot. Imagine-t-on Cromwell ou Jean Cau ripailler ?

C'est l'Espagne, ici, notre "champagne" est séché comme le jambon !
Tignous

Maubeuge aux Baléares

Le 27 août dernier, alors que tout semblait normal, il a plu sur Ibiza. Pas une de ces violentes et brèves averses tropicales qui s'abattent à larges gouttes et laissent après elles les trottoirs fumant de vapeurs tièdes. Non. Une pluie mièvre, petiote et glougloutante, frisquette et pissouillante. Une pluie grise obstinée, comme il en tombe boulevard Richard-Lenoir quand Maigret rentre à l'aube. Une pluie bretonne que le touriste hollandais fuit sans courir pour aller s'abriter sous les dolmens de Carnac en attendant l'heure des crêpes, une pluie pour visiter Honfleur en récitant Verlaine sans sortir de sa chambre, une pluie à faire des enfants en famille au Tréport.

Aussi incongrue qu'une rosée des sables à Verkhoïansk, cette morne pluie du Nord tombait aussi sur le port d'Ibiza, après des mois de soleil blanc, emportant aux égouts le sable salé dont la fine poussière enrobait les figuiers. À la terrasse du *Mar y Sol* où la jeunesse dorée d'argent, dorée de peau, s'encamomille au crépuscule, trois Scandinaves longues de cuisse grelottaient sidérées, chair-de-poulées de fesses dans la ficelle à cul qui tient lieu d'uniforme sous ces climats dépouillés. Et de vent, point. Pour la planche à voile, c'est râpé, gémit mon copain Jacques qui avait quitté l'Indonésie l'avant-veille pour incompatibilité d'humeur avec l'animateur du club de windsurfing de Bali.

Je ne pus que compatir à sa déconvenue et nous conclûmes, au terme d'un bref débat humide dans un bar de la Calle Abel Matutès, que seule une orgie de tapas arrosée de champagne, avec nos femmes et leurs amants, sous la terrasse abritée devant la piscine de notre « *finca* » repensée XXe siècle, pourrait encore nous éviter de passer une journée de Maubeuge aux Baléares. Trouver du champagne à Ibiza, hélas, c'est aussi rare que de rencontrer de l'humour sous la mise en plis d'une speakerine. Je veux dire du champagne français, et que celui qui me jugera chauvin continue de se fournir en chablis à Los Angeles. De *supermercado* en *supermercado* et de guerre lasse, je baissai les bras et fit l'emplette de six bouteilles de champagne local. Il faut savoir que les « comestibles » d'Ibiza vendent, entre autres douceurs, un brouillis de cartilages de cochon

À Ibiza, le champagne est vert.
C'EST PLUS JOLI POUR LES SOIRÉES MOUSSE
TIGNOUS

Ibiza
ses plages
son soleil
C'EST VRAI QU'EN MÊME TEMPS IL N'Y A PAS ÉCRIT "SON CHAMPAGNE, SON FOIE GRAS"
TIGNOUS

appelé « foie-gras », avec un trait d'union à la place des truffes, et que le plus grand traiteur de la ville s'appelle Faux-Chon... Ça limite les recherches pour qui veut de l'authentique.

Notre orgie fut sinistre. Le champagne était vert-javel. Avant de l'ouvrir, nous crûmes que c'était la couleur de la bouteille, mais non. La mousse qui montait dans les coupes nous rappela irrésistiblement la pub de gamma-tous-tissus pour nos petits lavages à la main. Au nez, c'était Amora. En bouche, la mâle et rude saveur des collutoires à gingivites nous râpa vigoureusement l'épiglotte, tandis qu'un fumet lourd de couenne fumée nous surprenait les sinus. Ma femme désolée suggéra qu'on y mît du Cointreau pour faire une pousse-rapière. Je dis non. Essayons plutôt du cassis. Rouge et vert, quel beau mélange. Je n'ai pas perdu mon temps à Ibiza. J'ai inventé le Kir marron.

Aucun vigneron ne figure dans cette liste de cancéreux tourangeaux. C'est que les vins de Touraine sont anticancérigènes. Les vins de Bourgueil, notamment, légers, délicatement framboisés, rouge pivoine au soleil et clairs en bouche, ne se contentent pas de susciter au palais l'esprit léger des bords de Loire. Ce fin nectar constitue en outre un véritable repoussoir à métastases. Je sais de quoi je parle, ayant toujours en cave un roulement de 300 bouteilles de bourgueil, je n'ai pratiquement jamais de cancer. D'ailleurs, je n'en aurai jamais, je suis contre la mort. L'important est de ne pas oublier de boire.

honni soi qui mal y sauce
CHARB.

Jonathan Paxabouille

L'omniprésence, en décembre, du petit Noël et du Père Jésus porte ombrage, hélas, à d'autres notoriétés tout autant estimables. Qui se souvient aujourd'hui de Jonathan Paxabouille, l'humble et génial inventeur du pain pour saucer, lui aussi né en décembre ? Parmi les besogneux du progrès, les gagne-petit de la connaissance, qui ont contribué sans bruit à faire progresser l'humanité de l'âge des cavernes obscurantiste à l'ère lumineuse de la bombe à neutrons, nous nous devons, à *Cuisine et Vins de France*, d'honorer le souvenir de Jonathan Paxabouille, dont le bicentenaire des deux cents ans remonte à deux siècles puisqu'il naquit le 25 décembre 1784 à Saçufy-les-Gonesse, dans une famille de sauciers éminents. Son père était gribichier-mayonnaisiste du roi, et sa mère, Catherine de Médusel, fit sensation le soir du

REMISE DES INSIGNES DE CHEVALIER DE LA LÈGION DU GRAS À M. JONATHAN PAXABOUILLE PAR LE MINISTRE DE LA MIE.

réveillon 1779, à la cour de Versailles, en servant la laitue avec une nouvelle vinaigrette dans laquelle elle avait eu l'idée de remplacer le chocolat en poudre par de la moutarde en grains.

L'enfance de Jonathan baigna tout entière dans la sauce. Debout sur un tabouret, près des fourneaux de fonte où ronflait un feu d'enfer, il ne se lassait jamais de regarder son père barattant les jus délicieux à grands coups de cuillère de bois, tandis que sa mère, penchée sur d'immenses poêlons de cuivre rouge, déglaçait à petites rasades de vieux cognac le sang bruni et les graisses rares des oies du Périgord dont les luxuriantes senteurs canailles se mêlaient aux graciles effluves des herbes fines pour vous éblouir l'odorat jusqu'à la douleur exquise des faims dévorantes point encore assouvies.

Hélas, le pain pour saucer n'existait pas et, au moment du repas, la joie de Jonathan se muait invariablement en détresse. Quand il avait fini d'avaler en ronronnant l'ultime parcelle de chair tendre que son couteau fébrile arrachait au cuissot du gibier, il restait pantelant de rage, noué d'une intolérable frustration devant le spectacle insupportable de toute cette bonne sauce qui se figeait dans son assiette, à quelques pouces de ses papilles mouillées de désir et de sa luette offerte frissonnante d'envie au creux de sa gorge moite, dans l'attente inassouvie d'une bonne giclée de la bête entre ses grandes lèvres écartées.

C'est le jour de son dix-huitième anniversaire que

Jonathan Paxabouille eut l'idée de sa vie, celle qui allait transformer enfin le supplice tantalien du festin sans sauce en délices juteux inépuisables. C'était le 25 décembre 1802. Ce siècle avait deux ans. Rome remplaçait Sparte. Déjà Napoléon perçait sous Joséphine. Ce soir-là, au *Sanglier Chafouin*, le restaurant en vogue du gratin consulaire, Jonathan soupait en compagnie d'une cameriste bonapartiste de gauche qu'il comptait culbuter au pousse-café. C'était un gueuleton banal : hors-d'œuvre variés, sangliers variés, fromage ou pain. Jonathan finissait son cochon sauvage à la gelée de myrtilles quand le maître d'hôtel, ex-hippie de la campagne d'Égypte, gorgé d'herbes dures et de calva du Nil, laissa malencontreusement choir sa corbeille à pain sur la table où Jonathan commençait à baiser des yeux sa camarade, pour oublier la sauce qui se figeait déjà, elle aussi. Une énorme tranche de pain vint s'enliser dans un grand floc au milieu de son assiette.
« Mais... mais... Bon sang, mais c'est bien sûr ! » Et, s'emparant d'une tranche moelleuse, il la tendit à sa compagne qui n'était autre que Marie Curry, créatrice de la sauce du même nom, et dit : « Marie trempe ton pain, Marie trempe ton pain, Marie trempe ton pain dans la sauce. »
Jonathan Paxabouille venait d'inventer le pain pour saucer. Vingt-cinq ans plus tard, son fils Léon inventait le pain pour pousser, la mouillette et le rat à la coque, mais je vous en dirai plus à Pâques.

LA SAUCE EST
L'ÂME DU PAIN
ET LE CHOLESTÉROL
EST LE SOUFFLE
DE NOTRE NATION!
N'OUBLIONS JAMAIS.
SAUÇONS

Si vous voulez faire cuire des carottes sans casserole et sans eau, c'est très simple. Vous prenez neuf carottes, c'est très important. Vous prenez vos neuf carottes. Vous les comptez bien soigneusement. Les carottes sont neuf. Vous jetez une des neuf carottes : les carottes sont qu'huit !

WOLINSKI

L'aquaphile

J'étais littéralement fou de cette femme. Pour elle, pour l'étincelance amusée de ses yeux mouillés d'intelligence aiguë, pour sa voix cassée lourde et basse et de luxure assouvie, pour son cul furibond, pour sa culture, pour sa tendresse et pour ses mains, je me sentais jouvenceau fulgurant, prêt à soulever d'impossibles rochers pour y tailler des cathédrales où j'entrerais botté sur un irrésistible alezan fou. Lui aussi.

Pour elle, aux soirs d'usure casanière où la routine alourdit les élans familiers en érodant à cœur les envies conjugales, je me voyais avec effroi quittant la mère de mes enfants, mes enfants eux-mêmes, mon chat primordial, et même la cave voûtée humide et pâle qui sent le vieux bois, le liège et le sarment brisé, ma cave indispensable et secrète où je parle à mon vin quand ma tête est malade, et qu'on n'éclaire qu'à la bougie, pour le respect frileux des traditions perdues et de la vie qui court dans les mille flacons aux noms magiques de châteaux occitans et de maisons burgondes.

Pour cette femme à la quarantaine émouvante que trois ridules égratignent à peine, trois paillettes autour de ses rires de petite fille encore, pour ce fruit mûr à cœur et pas encore tombé, pour son nid victorien et le canapé noir où nous comprenions Dieu en écoutant Mozart, pour le Guerlain velours aux abords de sa peau, pour la fermeté lisse de sa démarche Dior et de soie noire aussi, pour sa virilité dans le maintien de la Gauloise et pour ses seins arrogants toujours debout, même à la plus périlleuse des moins avouables révérences, pour cette femme infiniment inhabituelle, je me sentais au bord de renier mes pantoufles.

Elle était directrice de collection chez un éditeur bienséant de la rive gauche, je parle de la Seine, la Loire est plus sauvage. Je suis allé la prendre, je veux dire : la quérir, à son bureau, le 16 octobre 1984 à midi. Je me rappelle la date avec précision, elle l'avait soulignée en rouge sur son éphéméride, avec la mention « sortie librairie bio Darius Milhaud ».

« C'est le dixième anniversaire de sa mort, n'est-ce pas, s'excusa-t-elle comme si j'étais membre activiste d'une faction opposée aux cérémonies du souvenir honorant les ultimes soupirs des flonflonneux

LIVRES ASSEZ COCHONS
LIVRES TRÈS COCHONS
LIVRES DÉGUEULASSES
WOLINSKI

evian
SAINT EMILION
FIGEAC 1971
WOLINSKI

colombophiles de la première moitié du XXe siècle.
— Mon Dieu, mon Dieu, me lamentai-je, que me dites-vous là, Cécile ? Quand je pense que Darius Milhaud est mort voici déjà dix ans, et que je continue de m'en foutre comme au premier jour ! »
En sa présence, il n'était pas rare que je gaudriolasse ainsi sans finesse, dans l'espoir flou d'abriter sous mon nez rouge l'émoi profond d'être avec elle. Elle avait souvent la bonté d'en rire, exhibant soudain ses clinquantes canines dans un éclair blanc suraigu qui me mordait le cœur. J'en étais fou, vous dis-je.
Ce 16 octobre donc, je l'emmenai déjeuner dans l'antre bordelais d'un truculent saucier, qui ne sert que six tables, au fond d'une impasse endormie du quinzième où j'ai mes habitudes. Je nous revois, dégustant de moelleux bolets noirs en célébrant l'automne, romantiques et graves, d'une gravité d'amants crépusculaires. Elle me regardait, pâle et sereine comme cette enfant scandinave que j'avais entrevue penchée sur la tombe de Stravinski, par un matin froid de Venise. J'étais au bord de dire des choses à l'eau de rose quand le sommelier est arrivé. J'ai commandé un Figeac 71, mon saint-émilion préféré. Introuvable, sublime. Rouge et doré comme peu de couchers de soleil. Profond comme un *la* mineur de contrebasse. Éclatant en orgasme au soleil. Plus long en bouche qu'un final de Verdi. Un vin si grand que Dieu existe à sa seule vue. Cette conne a mis de l'eau dedans. Je ne l'ai plus jamais aimée.

Rien que de voir à travers
la robe, ça donne envie de boire,
et c'est pourquoi le vin est
femelle et le bien boire érotique.

PINARD AKBAR!
CHARB.

Aqua simplex

En serrant les dents, il m'arrive couramment de supporter sans broncher la misère effroyable du Tiers-Monde, la menace imminente d'une lumineuse apocalypse thermonucléaire, voire même l'inamovible sottise des cuistres sub-jauressiens au pouvoir chez nous depuis que la rose a remplacé le fumier qui la fit éclore.

Mais la compagnie d'un buveur d'eau, non, décidément, je ne puis m'y faire. Que Madame Évian, Monsieur Badoit et la Compagnie des robinets me pardonnent, mais le produit dont ils inondent — c'est le cas de le dire — le marché ne vaut rien à l'honnête homme. L'indigence crasse de mon savoir scientifique ne m'autorisera jamais à déceler quelles particules toxiques se cachent dans ce subtile mélange chimique d'hydrogène et d'oxygène constituant

POUR UN REICH QUI DURE 1000 EAUX!
DES FOIS, JE ME DEMANDE SI C'EST PAS VRAI FINALEMENT QUE L'EAU REND CON...
CHARB.

l'*aqua simplex*, mais on ne m'ôtera pas de l'idée qu'il y a dans l'eau un goût étrange qu'on ne retrouve pas dans le Château Lascombes 76, pour prendre un exemple qui me vient au palais, au sortir d'une dégustation chez Hédiard où je me réjouis encore que mes ennemis, au demeurant tous aquaphiles, ne fussent point conviés.

Cette saveur singulière de l'eau, faite d'indigence aromatique et de fadeur outrancière, est due, selon toute vraisemblance, à un composant toxique, qu'en l'état actuel de leurs connaissances les fouineurs de l'Institut Pasteur n'ont pas su encore isoler, mais dont les effets extrêmement toxiques, sur le comportement psychosocial de l'homme en général, et de la tamponneuse des fiches d'état civil de la mairie de Vierzon en particulier, restent fort alarmants.

Aussi bien est-il plus que temps de tirer aujourd'hui le signal d'alarme. C'est pourquoi, au risque de m'attirer les foudres de la Faculté et du Syndicat des garçons de bains en eau douce, je ne crains pas de l'affirmer ici haut et fort : l'eau est vénéneuse.

Elle contient un autodépresseur suractif dont la consommation régulière peut conduire l'homme au suicide, au meurtre, voire même à s'abonner à *Jours de France*. L'abus de l'eau est d'autant plus dangereux qu'il entraîne à la longue, chez l'hydromane, une dépendance quasi irréversible qui peut pousser le malade aux pires excès. À titre d'information, je citerai le cas de cet intoxiqué notoire, naguère encore fort apprécié de l'intelligentsia stalinienne, dont il fut longtemps l'un des plus pimpants thuriféraires, et que son hydromanie frénétique conduisit finalement à se convertir à l'islam.

Certes, l'eau est plus digeste que l'amanite phalloïde et plus diurétique que la purée de marrons. Mais ce sont là futiles excuses de drogués. D'autres vous diront que la cocaïne est moins cancérigène que l'huile de vidange. N'en tenez pas compte. Faites comme moi. Ménagez votre santé. Buvez du vin, nom de Dieu ! Et quand l'appel sournois et satanique de l'eau viendra vous tenter l'épiglotte, au hasard d'un égarement fortuit dans le désert des Tartares, ne cédez pas. Ne vous jetez pas à l'eau que le chamelier — tous des dealers — ou l'oasis — toutes des mirages — viendraient à vous procurer. Serrez les dents. N'oubliez jamais que Bourgueil est à moins de 15 000 km de la Tartarie, à vol d'oiseau. Et rappelez-vous que les plus grands criminels de l'histoire ont tous été des buveurs d'eau : Caligula siphonnait les fontaines du Colisée entre deux orgies patriciennes. Napoléon se faisait péter la sous-ventrière à la Vitelloise pour éliminer ses toxines impériales. Quant à Adolf Hitler, contrairement à ce qu'affirment les antinazis primaires, ce n'est pas pour le plaisir de pisser dans la Vistule qu'il envahit la Pologne, mais pour noyer sa tristesse de Chopin à la source claire des ruisseaux varsoviens.

L'EAU EST SACRÉE!
PENSEZ QUE NOTRE CORPS EST CONSTITUÉ À 60% D'EAU!
EAU
1L
C'EST JUSTEMENT LA PARTIE DE MON CORPS QUE J'AIME LE MOINS...
CHARB.

— Maintenant, assez rigolé, laissez-moi vous branler.

— Ah, mais non. Il n'en est pas question ! hurla Jacques en repoussant la main velue de l'aquaphobe, qui se transforma aussitôt en bombe sexuelle hypervoluptueuse, avec des cheveux paille d'or, des seins considérables, une bouche écarlate et plus pulpeuse qu'un cageot de pêches, des jambes dorées longues comme un jour sans Picon-bière, et gainées de bas de soie noire tendus par un porte-jarretelles rouge-brigade, sous un slip étincelant bombé d'amour et de mystères éternels.

PÂTÉ
QUEDUGRA
RISS.

Bâfrons

En passant tout à l'heure, morne soir gris d'hiver mouillé, devant une publicité « Gévéor » dégoulinant ses lettres rouille à l'huis oublié d'une épicerie close, il m'est revenu le souvenir de ripailles solitaires d'une telle vulgarité que le Père Dodu, Monsieur Olida, et même le directeur des Ruralies s'en fussent aperçus, pour peu que je les y eusse conviés, ce qu'à Dieu ne plût. Par parenthèse, je signale aux rétifs de la gastronomie autoroutière que les Ruralies sont une manière d'auberge campagnarde prétendument rustique, sise au bord de l'Aquitaine entre Paris et Poitiers, où l'on sert, contre beaucoup d'argent, un brou que Jacob et Delafon ne confieraient qu'avec réticence à leurs chasses d'eau.

C'était deux ou trois hivers plus tôt. Ayant laissé mes familles ordinaires à leurs ébats neigeux, je rentrais seul à Paris, par un soir gris semblable. Le frigo vide béait sur rien. Le placard aux victuailles exhibait un bocal de graisse d'oie, deux boîtes de Ronron et une de corned-beef. J'avais oublié la clé de la cave dans le sac à main de ma femme, ce qui m'interdisait l'accès au congélateur et — ô rage, ô désespoir, ô Contrex ennemie — à mes vins chéris. Un voisin pauvre mais compatissant me fit le prêt d'une demi-baguette de pain mou et d'un litron sobrement capsulé dont l'étiquette en gothiques lamentables chantait avec outrecuidance les vertus du gros rouge ci-inclus. Était-ce bien Gévéor, ou plutôt Kiravi, voire Préfontaines ? Je ne sais plus, mais qu'importe, puisqu'il paraît qu'ils se nourrissent tous les trois à la même citerne, chez Total ou Esso, à moins que ce ne soit chez Soupline, eu égard au velouté stomacal auquel le délicieux Francis Blanche n'était pas insensible quand il vantait les mérites du vin des Rochers, « le taffetas du duodénum ».

Or donc, la rage au cœur et la faim au ventre, je me retrouvai seul à minuit dans ma cuisine avec ce pain flasque, ce litron violacé et la boîte de corned-beef que je venais de gagner à pile ou face, le sort souvent ingrat m'ôtant le Ronron de la bouche au bénéfice du chat.

Avec des grâces de soudard pithécanthropique, je décapsulai la bouteille d'un coup de dent tellement viril qu'on aurait dit Rock Hudson dégoupillant sa grenade offensive dans *Les marines attaquent à*

RISS

LA
VILLA-
GEOISE
RISS

l'aube. Puis j'entrepris d'étaler largement l'inqualifiable pâté rosâtre sur la mie leucémique de l'ersatz farineux du voisin. Ainsi nanti, les pieds sur la table et la chaise en arrière, je me mis à glouglouter et à bâfrer bruyamment, l'œil vide au plafond comme le broutard abruti s'écoutant ruminer.

Or, à mon grand étonnement, j'y pris quelque plaisir, et même pire, j'en jouis. Cette pauvre anecdote, dont la fadeur n'a d'égale que celle du sandwich susdécrit, me rappela un très beau texte de Cavanna décrivant sa jouissance infâme à gober une boîte de cassoulet froid à peine entrouverte, par un soir esseulé comme le mien.

Ce qui tendrait à prouver qu'on n'est pas fait pour le raffinement tous les jours, et que le cochon qui somnole en nous, tandis que nous bouche-en-cul-de-poulons des mets exquis et des vins nobles en nos tavernes choisies, ne demande parfois qu'à se réveiller pour engloutir dégueulassement des rations militaires qu'un Ougandais affamé repousserait du pied. Un qui ne me contredira pas s'il me lit, c'est cet ami photographe de mode, dont l'hyperséduction anglo-saxonne draine en son lit les plus fins mannequins du monde. Pendant ses week-ends, le bougre s'occupe à draguer le boudin charolais celluliteux entre la République et la porte Saint-Denis. Que les plus fins mozartiens qui n'ont jamais vibré aux défilés militaires lui jettent la première pierre.

Une belle conne, une belle charolaise... On a envie quelquefois de ça... Je suis assez raffiné à table, je peux pendant trois heures faire cuire un petit homard aux légumes et puis le lendemain, j'ai envie d'un vieux Caprice des dieux avec un Préfontaines, et il n'y a que ça qui me fera du bien, qui me fera rire le ventre. De même une bonne conne qui ne pense pas, c'est bien.

Menu
LUZ

Traditions phallocratiques

J'aime trop les femmes pour être vraiment féministe, mais on ne m'ôtera pas de l'idée que les us et coutumes de la restauration française restent enfermés, en 1985, c'est-à-dire en pleine mouvance des droits de la femme, dans un carcan de misogynie suranné que ne désavouerait pas le plus frénétique des ayatollahs. J'en veux pour preuve deux exemples flagrants que je soumets ici à l'approbation des uns — des unes ? — et à la désapprobation des autres.

Exemple 1. La carte aveugle. Pour étudier de plus près un hypothétique mais passionnant projet d'expression cinématographique, j'ai été récemment invité à déjeuner par une opulente et cossue productrice de films et d'émissions de télévision dont le regard humide et les courbes des hanches sont aussi pleins que son compte en Suisse. Bousculée par un emploi du temps survolté ce jour-là, cette confortable personne, avec qui j'entretiens quelques liens d'intimité fraternelle, me prie de choisir un lieu d'agapes à sa place. Je porte mon choix sur un restaurant bien de chez nous, c'est-à-dire bien de chez elle et bien de chez moi, car nous œuvrons dans le même quartier. Une auberge de belle tradition occitane, nantie de confits dorés et de lumineux saint-émilions, et dotée d'une chaleureuse ambiance feutrée propice aux confidences.

À notre arrivée, le maître d'hôtel, à demi plié dans cette posture équivoque et subtile, à cheval entre révérence et servilité, qui souligne la pompeuse maîtrise des surdoués de l'école hôtelière, nous tend à chacun, d'un geste romain retenu, une carte sobrement luxuriante d'expression gothique.

C'est alors que, jetant un coup d'œil distrait sur celui de ces deux documents confié à ma voisine, grâce à la proximité où je me trouvais d'elle, par le fait que, lorsque je viens parler affaires avec une dame, je me pose à côté d'elle sur la banquette, plutôt qu'en face, dans le but de ne pas voir ses seins pendant les heures de travail, c'est alors que, dis-je, je m'aperçois avec effroi que le prix des plats et menus ne figure pas sur sa carte. Alors que, bien entendu, ils sont sur la mienne. Normal ! Je suis le mâle, le responsable, le chef de clan, le décideur, le nourricier. Elle, c'est la femelle, la douce, la fragile, l'irresponsable, la quille à la vanille.

Dans un cas semblable, ma nature, profondément mauvaise, me pousse à mettre les pieds, les bottes, voire le cheval, dans le plat, plutôt qu'à m'écraser mollement, comme dirait Monsieur Lepetit. Aussi appellé-je virilement l'affable pingouin local pour lui signifier l'embarras extrême où ma compagne et moi sommes plongés par sa faute, elle étant l'invitante et moi l'invité.

Humilié jusqu'au creux du plastron, le pauvre homme, avec des grâces humérales de ballerine moribonde, intervertit l'ordre des cartes, l'œil allumé d'une réprobation sourde qui me rappela l'extravagant M. Ruggles au moment où son maître lui révèle qu'il l'a perdu au poker dans une soirée de beuverie.

Exemple 2. Goûtez-moi ça ! Il se trouve que j'ai la chance de partager ma vie avec une femme de goût. Dans les deux sens du terme : d'une part, elle habille son corps, ses murs, ses enfants et ses paquets cadeaux avec une pétillance discrète et de bon aloi. D'autre part, la nature l'a dotée d'une sensualité gustative exacerbée qui l'écarte couramment de l'endive pour la pousser vers les cochonnailles luxuriantes, et d'un nez méticuleux et sûr, apte à repérer une pincée de noix de muscade dans un baril de soupe populaire.

Au petit jeu périlleux des dégustations aveugles, et quoique l'aveu public m'en coûte, elle gagne plus souvent qu'à mon tour. D'autres femmes, j'en connais, ont ce don prestigieux. Alors pourquoi faut-il, en respect imbécile des plus usées des traditions phallocratiques, que les sommeliers de nos meilleurs restaurants s'obstinent à faire goûter d'emblée leurs crus aux Tarzan-poil-aux-pattes, après avoir planté l'insultante carafe d'eau quasiment sous le nez souvent génial des pauvres Jane ?

En pareil cas, je ne manque jamais de m'écrier, avec un ton d'indignité légèrement surfait mais toujours sincère : « Je vous demande pardon, monsieur, mais dans ma famille, ce sont les femmes qui font les gosses et qui goûtent les vins. »

Restaurant
MONSIEUR! VOUS N'AVEZ PAS PAYÉ LA NOTE!
C'EST MOI QUI L'INVITE!
COMME VOUS M'AVEZ DONNÉ UN MENU SANS LES PRIX, JE VOUS AI LAISSÉ UNE ADDITION SANS LES BILLETS!
LUZ

La ségrégation consiste,
de la part des Blancs, à respecter
la spécificité des Nègres en
n'allant pas bouffer chez eux.
Au reste, la cuisine bantoue
est tout à fait exécrable tant
sur le plan de l'hygiène alimentaire
dont les Blancs sont très friands
que sur le plan du décor
de la table qui laisse à désirer,
c'est le moins qu'on puisse dire.
Par exemple, ces gens-là
mettent la fourchette à droite
et le couteau à gauche !

le mois de
Marie et de
l'asperge.
T.

Le mois de l'asperge

On n'a pas assez chanté l'asperge. C'est pourtant le moment, puisque voici revenu le joli mois de Marie, mais aussi, sauf son respect, le mois de l'asperge. Le mot « asperge » vient du grec ancien *asparagos* dont il m'apparaît inopportun de divulguer la signification salace dans *Cuisine et Vins de France*. Ce serait courir le risque de voir survenir de nouvelles menaces de désabonnement dans les rangs de nos lecteurs millavois, c'est-à-dire, comme on l'ignore encore trop souvent à Strasbourg, habitant Millau. Mais pourquoi vous parlé-je tout de go de Millau ? Alors même que j'allais vous entraîner dans les allées bombées des aspergeries tourangelles ? Simplement, parce qu'il m'est revenu qu'une lectrice, millavoise donc, exigeait que sa copine de petits-fours arrachât et déchirât ma page dans *Cuisine et Vins de France*

l'asperge, c'est
bon pour la santé
et faible en calories.

ON SE LE
BOUFFE ?

TIGNOUS

avant de daigner y poser un regard, qu'on imagine plus souvent tourné vers Dieu, les cloches de Rome et Théodore Botrel que vers les asperges, dont la pulposité, à mi-cuisson, évoque cependant le goupillon, en latin « asperges », mais je n'y suis pour rien.
Cette paroissienne, qui nous dit vouloir garder l'anonymat provincial qui la maintient obscure et réservée à l'ombre de son beffroi aveyronnais, mérite ici les remerciements du plumitif qui n'eut jamais imaginé, même au plus fort de son délire d'autosuffisance obsessionnel, un pareil hommage rendu à ses gaudrioles épistolaires. Je regrette cependant que ce sympathique autodafé (« acte de foi », en vieux portugais) la prive du même coup, et automatiquement, de la page imprimée de l'autre côté de la mienne. C'est ainsi, ma pauvre dame, que dans le

numéro de mars, vous avez, en m'envoyant au feu, détruit la première moitié d'un délicieux apologue de notre bonne ville de Lyon, par l'excellent Gilles Pudlowski, qui commençait par un émouvant alexandrin nostalgique : « Lyon n'est plus Lyon et Guignol la boude. » Dans le même élan zorroïdal, madame, vous déchiriez en deux la très belle photographie en couleurs des studios ARG, qui illustrait magnifiquement le papier de monsieur Pudlowski, ainsi qu'un autre cliché, plus petit, qui nous montrait un casse-croûte lyonnais plus sensuel qu'une asperge, ce qui nous ramène enfin à nos turions (« tiges consommables », en vieux français). L'asperge donne le meilleur de son goût consommée en compagnie d'œufs brouillés. Elle anoblit les sauces blanches, supporte mal l'exubérance herbacée des vinaigrettes vulgaires. Avant la disgracieuse invention du réfrigérateur, on la conservait en lui carbonisant la section de la tige sur une plaque chauffée au rouge et en l'enfermant dans de la poudre de charbon de bois après l'avoir enroulée dans un cornet de papier de soie. Elle passait ainsi l'hiver dans le cellier de grand-mère, sans plus se pourrir à cœur que ma Vénus de Millau ne se souille l'âme depuis qu'elle me déchire. Sur le plan sexuel, l'asperge se reproduit au moyen de semis. Je sais, c'est cochon. Ne le répétez pas dans l'Aveyron.

L'ASPERGE, C'EST MEILLEUR QUAND LES OEUFS SONT BROUILLÉS !
TIGNOUS

Le goût peut être considéré comme le plus distingué des cinq sens. Au reste, il fait généralement défaut chez les masses populaires où l'on n'hésite pas à se priver de caviar pour se goinfrer de topinambours ! On croit rêver !! C'est pourquoi je fous tout à coup des points d'exclamation partout alors que, généralement, j'évite ce genre de ponctuation facile dont le dessin bital et monocouille ne peut que heurter la pudeur.

cabu

Désarroi culinaire

À la fin de sa vie, il y a une vingtaine d'années, le couturier Balenciaga s'obstinait à agrémenter ses créations hautement sophistiquées de chapeaux somptueux et de capelines immenses. Contre toute logique, dans la mesure où ses huppées clientes potentielles se déplaçant désormais en mini-Fiat ou baby-Morris, il leur eût fallu laisser la coiffe au vestiaire. Les autres créateurs de mode avaient admis l'idée navrante que la voiture moderne, au demeurant plus large et plus étanche qu'un béret basque, offrait en revanche des ouvertures trop étroites pour qu'un feutre pût tenter d'y passer sans risquer de finir au caniveau.

Mais Balenciaga, sombre héros, si j'ose dire, de la guerre des modes, se refusait obstinément à se plier au modernisme automobile en façonnant soudain

cabu

des bibis étriqués, ou point de bibi du tout. Aussi ses affaires se mirent-elles lentement à péricliter au profit de ses concurrents, plus ouverts aux concessions. « Monsieur Balenciaga, lui demanda un jour une journaliste du *Figaro*, quel conseil donneriez-vous à une femme moderne qui voudrait continuer à s'habiller chez vous sans renoncer à sa voiture ?

— Madame, répondit fièrement le maître ibérique du drapé soyeux, si la femme moderne veut continuer à s'habiller Balenciaga, elle n'a qu'à aller à pied. »

Sur quoi il s'en alla mourir doucement dans le chagrin des Années folles.

À la lecture de cette anecdote, le lecteur est en droit de se demander où est le rapport entre la haute couture et les pâtes alimentaires dont le titre de cette page* chante mensuellement la louange.

Je m'explique.

En cuisine comme en vêture, on fait souvent de l'étriqué pour sacrifier au progrès au risque d'y perdre son âme, ce qui n'est rien, et son confort, et là, ça fait mal.

Pour ne pas quitter l'Espagne, avez-vous, cordon bleu qui me lisez, sérieusement essayé de confectionner une paella sur les feux riquiqui de votre somptueuse cuisine encastrée auto-méga-maxi-électronico-synthéto-géniale ?

Sachant qu'une plaque de cuisson actuelle mesure au mieux cinquante centimètres sur cinquante, et qu'un plat à paella digne de Valence (c'est-à-dire

* *Encore des nouilles.*

dans lequel chaque grain de riz a la place de se bronzer sans chevaucher le voisin) a au moins soixante centimètres de diamètre, comment le maître queux des années 80 pourrait-il diable s'y prendre pour faire simultanément cohabiter en ce réduit la susdite poêle, la casserolette pour les petits pois, l'autre poêle à dorer les encornets, le fait-tout pour entrebâiller les coques et les moules, et je ne vous parle même pas de ma poule ? Et le lapin au champagne ? Et le homard aux trois légumes ? Et — pour faire plus humble, bien que ce ne soit pas mon jour — même le couscous prolétaire aux mornes merguez d'Île-de-France?

Je sais bien la vanité de ce cri de colère à propos d'un sujet dont la futilité ne manquera pas, aux portes de la troisième guerre mondiale désormais inéluctable avec le retour des beaux jours, de surprendre l'honnête homme.

Mais, à l'heure où je vous parle, je viens de me battre avec un cassoulet rébarbatif au-dessus de mon établi à feu tout gaz-électrique ultra-moderne. J'ai de la tomate sur la chemise, du poivre dans l'œil et de la couenne dans les cheveux. Et croyez-moi, dans ces cas d'extrême désarroi culinaire, un bon coup de gueule, ça fait du bien.

cabu

Pourquoi croyez-vous que les petits enfants faméliques aux yeux fiévreux du Tiers-Monde, qui s'étiolent et se fanent pendant que nous bâfrons, pourquoi croyez-vous que ces enfants-là ont parfois le regard mauvais ? C'est parce qu'ils ne savent pas apprécier un bon cassoulet ou un bon vin.

La relève de l'indigence

Allons enfants de la patrie, le jour de boire est arrivé. Le jour de boire quoi ?
N'importe quoi, hélas. Françaises, Français, honte à nous. Que le rouge de la honte, et non point celui, vermeil et tuilé, du bordeaux vieux, nous monte aux joues. Françaises, Français, nous ne méritons pas nos vins. Nous sommes œnologiquement nuls. J'en ai pour preuve les chiffres accablants d'un ouvrage malheureusement fort bien documenté. Cela s'appelle *Francoscopie*. Cela dissèque, épluche, dénude, autopsie, fouille et farfouille au plus profond de nos us et coutumes, de nos goûts et travers et de leur évolution depuis Cro-Magnon jusqu'à la semaine dernière. À coups de sondages et de statistiques irréfutables. Certes, là-dedans, tout n'est pas sombre. On y découvre avec joie que la Française

* *Francoscopie*, de Gérard Mermet et Bernard Cathelat, Larousse.

s’habille mieux que la Transcaucasienne, qu’on est plus fort à la pétanque dans le Vaucluse qu’à Helsinki, que nos mâles s’allongent, que nos femelles s’affinent. Qu’à la limite nous nous nourrissons moins vulgairement que nos grands-parents. Mais question vins, mes frères, lisons ensemble et pleurons :
« 68 % des Français ignorent que le pauillac est un vin de Bordeaux. 64 % ne situent pas le chambertin en Bourgogne. 8 % connaissent le montrachet (…). 90 % ne savent pas que 1977 fut un millésime plus que médiocre pour les bordeaux », etc., etc. N’en jetez plus, la coupe est pleine de Kiravi…
Débordants de mansuétude, les auteurs expliquent en partie cette nouvelle inculture par « une mauvaise transmission de la connaissance des anciens et le développement de la vente en hypermarchés qui a supprimé le conseil apporté par les vendeurs des boutiques spécialisées ». Il est de fait que ce n’est pas auprès d’une gorgone débordée de chez Mammouth que l’apprenti caviste apprendra à distinguer un bourgueil d’un boulaouane.
Cependant, j’ai fait moi-même un sondage auprès des lycéens de mon quartier et, croyez-moi, la relève de l’indigence est assurée.
Jugez plutôt :
Question : Qu’est-ce qu’un vin vert ?
Réponse : Un vin vendangé au printemps.
Q : Un vin gouleyant ?
R : C’est quand la bouteille, elle a un petit goulot.

MORT AUX CONS !

HALTE AUX CERVEAUX BOUCHONNÉS !
COCA-COLA
LUZ

Q : Qu'est-ce que la robe d'un vin ?
R : La couleur de l'étiquette.
Q : Qu'est-ce qu'un vin bouchonné ?
R : C'est un vin fermé avec un bouchon.
Q : Un demi-sec ?
R : C'est quand on boit le verre en deux fois.
Q : Que fait le sommelier ?
R : C'est un mec qui essaie les matelas.
Q : Pouvez-vous me citer deux crus du Bordelais ?
R : Chapeau-Latour, Gévéor.
Q : Une grande année de bordeaux ?
R : 1977. Ils ont battu Saint-Étienne.
Q : Qu'est-ce qu'un jéroboam ?
R : Une bête.
Q : Où récolte-t-on le beaujolais ?
R : Par là ?

D'accord, c'est un sondage un peu bidon, pour ne pas dire carrément cubitainer. Il n'empêche que, pour reprendre l'expression des francoscopieurs, le vin est un chef-d'œuvre en péril. Et ce n'est pas nos cousins québécois qui vont le restaurer. En goguette l'été dernier entre Québec et Montréal, je demandai la carte des vins dans une charmante auberge spécialisée dans l'exquise poutine autochtone :

— Rouge ou blanc ? s'enquit l'hôtesse.

— Rouge, s'il vous plaît.

— Byrrh ou Martini ?

Tabernacle !

Conseil de lecture :

Faut-il euthanasier les aquaphiles, *aux Éditions Laffont-La caisse, et* La mort sort du robinet, *aux Éditions la France Empire-La cirrhose aussi.*

La moelleuse onctuosité normande

À propos de fromages, j'aimerais abuser de l'entière liberté qui m'est offerte dans cette page pour faire une mise au point qui me tient à cœur depuis mon huitième anniversaire. C'est en effet cette année-là que, pour la première fois de ma vie, j'ai entendu, de la bouche pincée d'un instituteur laïque et grisâtre, la fable intitulée « Le Corbeau et le Renard », de Monsieur Jean de La Fontaine.

Les plus sourds de nos lecteurs auront entendu parler de cet aimable gigolo poudré qui traversa le XVIIe en squattérisant les mondains versaillais qu'il éblouissait d'une plume alerte dont il nourrissait la verve en piratant sans vergogne les fabliers d'Ésope. Parmi les innombrables balivernes, plus ou moins alexandrines, dont La Fontaine a abruti son siècle et les suivants jusqu'à la semaine dernière où j'ai surpris la moins exubérante de mes filles bramant « Le Coche et la Mouche » en montant la rue Lepic, il va de soi que « Le Corbeau et le Renard » restera à tout jamais comme la plus rédhibitoirement injurieuse à l'égard des fromages.

Je m'explique, parce que je vous sens décrocher.

Si l'on veut bien excepter le navrant lieu commun sous-préfectoral qui lui sert de moralité, que reste-t-il de cette œuvrette animalière ? À peu près rien, si ce n'est une vile tentative de dénigrer les laitages français en les ravalant au rang de triviales canigouteries pour prédateurs des bois.

Associer sciemment l'idée trois cent cinquante fois grandiose de nos fromages à l'imagerie dégradante des deux bestiaux les plus nuisibles de nos clairières, n'est-ce point la preuve flagrante des intentions subversives antinationales de La Fontaine ? Car enfin, Dieu m'écartèle, si possible sous anesthésie générale, qu'est-ce qu'un renard ? Qu'est-ce qu'un corbeau ? L'un, hideux, pointu, bas sur pattes, grouillant de vermines et plus sournois qu'une fouine jésuitique sur un trône élyséen, partage son temps entre le génocide de nos volailles et la propagation de la rage. L'autre, d'un noir de diable insupportable aux âmes pures et qu'on voit par les champs dandiner sa silhouette arthritique de prélat en sabbat satanique, saccage nos récoltes, effarouche nos perdrix et nos épouvantails de son ricanement métallique de poule rouillée, et pousse le cynisme jusqu'à s'avérer immangeable après trois heures de court-bouillon. À qui ferez-vous croire, Monsieur de La Fontaine, qu'un renard, charognard, bâfreur et plumivore, puisse tenter de séduire un corbeau pour s'emparer d'un camembert dont la moelleuse onctuosité normande ne saurait flatter le palais vulgaire de ce chien sans maître ? À qui feriez-vous croire qu'un oiseau de malheur, haï des hommes qui le lui rendent bien, aille risquer sa vie dans les garde-manger pour y piller des coulants au reste trop mous pour se tenir en son bec ? Et d'où tenez-vous, emperruqué ignare, que les corbeaux pique-niquent dans les arbres de nos campagnes ?

Je dis, à la lumière de cette démonstration dont la lumineuse clarté en époustouflera plus d'un, que Jean de La Fontaine, sous couvert de fabuler, était en réalité un publicitaire subversif de l'anti-France à la solde de Madrid (à l'époque, on ne subversifiait pas encore à Moscou, c'était trop loin).

Aujourd'hui encore, nous devons nous méfier des poètes chevelus et de leurs opuscules post-surréalistes qui mettent en scène des rats attablés chez Fauchon ou des cochons taste-vin. Leurs fables sont essentiellement démobilisatrices.

Le Coq et la Poule

(en grec : Lou Coquis et la Poulos)

La poule un beau matin s'en fut trouver le coq
Et lui dit : « Mon ami j'ai grande envie de vous.
Ma libido s'agace et ce n'est point le phoque
Avec ses airs de fol et son regard trop doux
Qui pourrait apaiser mes ardeurs printanières. »

Le coq un peu surpris du ton du préambule
Se dit : « Mais quelle époque ! En voici des manières !
À quelle extrémité faut-il que l'on m'accule !
Moi qui connais si peu cette poule en chaleur,
Voici qu'elle m'invite à la crapahuter ! »

Ayant dit il s'exécuta mais sans ferveur,
Grimpa sur la furie pour la coconiquer,
Mais sans ardeur aucune et sans plus d'enthousiasme
Qu'on en met à pisser quand on n'a pas envie.
Il eut beau réviser un à un ses phantasmes
En s'agitant au mieux sur le tas, rien n'y fit.

« Eh quoi ? » se dit bientôt la cocotte qu'on frustre
Et qui voit son orgasme à nouveau reporté
Au hasard incertain d'un autre coq en rut,
« Pour un Gallinacé je suis câline assez
Mon cul c'est du poulet, j'ai le croupion frivole
Et voici que je sue sous ce cuistre à la queue bariolée
Qui me besogne en vain tandis que je m'étiole ! »

Lors, se tournant un peu, elle pria Chante-Clerc
De lui lâcher les plumes et d'arrêter sa houle.
Le coq se consola : « Je ne crains plus l'hiver,
Je me suis ramassé une veste en pied-de-poule. »

Je ne comprends pas qu'on achète du vin sans l'avoir goûté au préalable. Il ne viendrait à personne l'idée d'acheter un pantalon sans l'essayer avant.

Alors, Dieu me tirebouchonne, ne refusez pas à votre bouche ce que vous accordez à vos fesses.

CHÂTEAU
MIS EN BOUTEILLE AU CHÂTEAU

Les rudes joies du terroir

Tout l'été j'ai sauté sur les rares occasions qu'il reste à l'homme blanc de se coltiner aux rudes joies du terroir. J'en ai rapporté, dans le sillage de mes bagages-avion, un indissoluble fumet de fond de tonneau et de litières à vaches, que je n'échangerais pas contre deux barils d'Eau Sauvage.

Je revenais de la côte nord-ouest de la Sardaigne, dont les courageux explorateurs d'une agence de voyage du XVIe arrondissement, conscients de ma recherche éperdue d'authenticité, m'avaient chaleureusement recommandé l'âpreté. Et c'est vrai qu'il y avait plus de moustiques que de lave-vaisselle, dans les sobres maisons basses de cette pinède de San Pietro a Mare. Alors qu'à cent kilomètres de là, sur la côte est, des poussahs cousus d'or qui tutoient les Reagan cachent aux regards, dans leurs bunkers

de marbre et d'or creusés dans la falaise, de formidables congélateurs Louis XV et des canapés de cuir Conforama-Panzani où va savoir si la Bégum a pas posé son cul.
La côte nord-ouest de la Sardaigne, c'est la Corse sans les Corses et sans les Parisiens. Au flanc de la montagne rouge feu, moutonne un maquis vert. Il y serpente des chemins rares qui débouchent soudain sur des criques superbes où nul imbécile cintré dans sa bouée-Snoopy ne vient jamais ternir de son ombre grasse et populacière l'irréelle clarté des fonds marins mordorés où s'insinue le congre que le bar abhorre. (Le bar abhorre le congre par atavisme. Le congre est barivore. Et donc le bar l'abhorre. Le bar est fermé aux congres du fait même que le palais des congres est ouvert au bar. Je me demande si je suis clair.)
Le Sarde de cette côte du Nord, noueux, fripé, petit, relève du groupe ethnique des Bretons-Spaghetti. Il a l'œil bleu pétrole, à force de guetter les marées noires. Il est souvent berger. Quelquefois vigneron. C'est en me frottant à lui que j'ai retrouvé le vrai goût du terroir.
Le vigneron m'a été recommandé par un vieux sage un peu sorcier de Castel Sardo, si rouge et buriné qu'on le distingue à peine du rocher où il attend la mort en comptant les vagues lentes du soir exténuées à ses pieds. « Il s'appelle Paolo, m'avait-il chevroté dans son patois catalano-sarde. Il est jeune,

mais il détient la science du vin de son père et du père de son père et même de bien avant. Son rosé est inoubliable. Il te gardera sain de corps et d'esprit. C'est le meilleur de toute l'île. Va. C'est là-haut, sur la colline de Badesi. Dis-lui bien que tu viens de la part du vieux Pier-Luigi de Castelsardo. »

C'était, à flanc de montagne, un cube en béton brut, très « salle commune Jean-Vilar à La Plaine-Saint-Denis, mais on n'a pas eu le budget pour la peinture extérieure ». En lettres de feu, sur dix mètres : « Cantine sociale de Badesi ».

À l'intérieur, traînant l'Adidas dans la poussière, en short de jogging échancré sur le poil crépu de ses courtes cuisses, nu du nombril à la gomina, une parodie de militant cégétiste s'occupait à branler un tuyau de vidange au-dessus d'un seau hygiénique en plastique. En suivant le tuyau, le regard finissait par se poser sur une cuve encastrée où l'on pouvait lire « Vino rosado ». La vérité m'oblige à avouer que ce fut le meilleur vin que moi-même et maints amis point hydrophiles bûment en Sardaigne.

J'eus mon second choc bucolique quelques jours plus tard, à quelques lieues de là. À l'heure supportable de la tiédeur du levant, où l'on peut encore arpenter la caillasse sans se brûler l'espadrille, j'étais allé renifler le matin sous les eucalyptus. Le berger m'est apparu au détour d'un buisson. Noir dans son coutil usé, plié en deux sur un tabouret, il était en train de traire une grande brebis maigre, à la

laine clairsemée. Comme il me tournait le dos, je ne voyais que sa vieille nuque de tortue craquelée sous la casquette. Il ne m'entendit pas approcher et n'interrompit pas le chant qu'il psalmodiait au rythme millénaire de ses doigts sur le pis :

We are the world
We are the children…

Il chantait pour l'Éthiopie et, de son sabot de bois usé, frappait la cadence en se vrillant le pied de droite et de gauche, comme dans le clip vidéo.

Époustouflons maints œnologues

CYCLOPÈDE : *Afin d'éblouir un maximum d'imbéciles et de séduire un maximum de dindes lors d'un dîner bourgeois, il est très important de savoir reconnaître un grand vin, au premier coup de langue, voire même au premier coup d'œil.*

On cite même le cas d'un éminent œnologue qui savait identifier un grand cru au bruit du vin coulant dans le verre.

Mais, dans un premier temps, restons modeste, et contentons-nous aujourd'hui d'apprendre à reconnaître un simple châteauneuf-du-pape.

Regardez bien :

{On le retrouve à une table de resto avec panier de vin et bouteille de vin rouge style bourgogne, sans étiquette. Le pape est assis de dos. Cyclopède se sert un verre, le regarde longuement dans la lumière.}

Eh bien oui, vous avez compris : le châteauneuf a une belle robe rouge, alors que le pape a une belle robe blanche.

ÉTONNANT, NON ?

FAIRE L' AMOUR À TABLE PUIS MANGER AU LIT...
C'EST LA VIE !
LUZ.

L'amour à table

À propos de l'amour à table, il me revient en mémoire une historiette salace et mal venue que je brûle de vous narrer, malgré le risque que je prends de voir Madame Valat (de Millau) et Monsieur Jean-Paul II (de Rome) exiger le renouvellement de mon excommunication qu'ils avaient si gentiment suspendue à la suite des excuses hypocrites que je leur avais présentées ici-même au printemps, en pleine montée de sève.

Tant pis, je brûle. Que ma lectrice et mon pape préférés s'abstiennent d'aller plus loin. Qu'ils lisent plutôt l'excellent éditorial de Ferniot. Exceptionnellement, il ne traite pas de sexe.

C'est l'histoire, morne à pleurer mais tant mieux, c'est l'automne, d'un couple uni en voie d'effritement. Elle l'aime. Il l'aime. Mais voilà tantôt vingt ans que

ET POUR FINIR, JE PRENDRAI UN MOELLEUX DE LEVRETTE SUR SON COULIS DE CYPRINE.
ET POUR MONSIEUR, CE SERA ...
UNE PIPE AU MIEL ET SON VELOUTÉ D'AGRUMES.
LUZ

cela dure. Il a laissé sa flamme érotique s'éteindre au souffle froid des habitudes. Elle, non. C'est une chaleureuse. Le jour où elle s'ouvrit le crâne en tombant de cheval fut le seul de sa vie où elle lui dit : « Non chéri, pas ce soir, j'ai la migraine. » Lui, en revanche, souffre désormais quotidiennement de céphalées de la pleine lune, et les refus qu'il oppose à ses avances la laissent inassouvie, le rouge au front et le feu aux joues.

De chasteté lasse, après s'être en vain acharnée à lui requinquer la libido à l'aide d'inestimables aphrodisiaques péruviens qu'elle lui servait en dessous diaboliques rouges et noirs — infraction pénible à son look dim, dim, dim —, elle se résout à aller consulter, à l'insu du bel indifférent, un de ces sodomiseurs de mouches patentés qui s'enrichissent entre Freud et le *Kama-soutra* sur le dos des mal-baisants, et que les sexopathes appellent sexologues. Abusivement : les poilopathes appellent-ils leur esthéticienne poilologue ?

Votre problème est simple, madame, dit cet homme de l'art sub-ceintural. Votre mari souffre d'une poussée d'asthénie érectophobique flasque due à une non-sollicitation chronique de ses pulsions lubrico-conjugales. Les porte-jarretelles et la Quintonine n'en viendront pas à bout. Il faut un traitement de choc. Je suggère, dans un premier temps, que vous le provoquiez sexuellement en un lieu autre que le lit conjugal et à une heure totalement inhabituelle, afin de susciter en lui un désir venu de l'interdit qui pourrait s'avérer salvateur. Par exemple, au milieu du déjeuner, brusquement, entre le steak et la salade, vous virez la nappe, et hop, sur la table ; enfin bon, je n'ai pas besoin de vous faire un dessin. Faites ainsi et revenez me voir dans une semaine, c'est 300 F.

Huit jours plus tard, la dame retourne chez le docteur Azizi (car c'était lui) que le teint éclatant et l'œil pétillant de sa patiente réjouissent d'emblée.

— Je vois que mes conseils ont porté leurs fruits…

— Oh oui docteur, oh oui, oh oui, ça a marché. Six jours de suite. À midi, je vire la nappe, hop sur la table…

— Six jours de suite ?

— Oui, oui. Aujourd'hui encore…

— Alors : heureuse ?

— Oh oui docteur ! Malheureusement, ça fait encore un restaurant où nous ne pourrons plus mettre les pieds.

La moralité de cette histoire, dont le chic anglais n'échappera pas aux familiers du pesage d'Ascot, nous enseigne qu'on ne doit pas mettre ses coudes sur la table.

JE VAIS PRENDRE LA MÊME CHOSE QUE LA DAME, LÀ...
VOYONS, CHÉRIE ! JE CROYAIS QUE TU N'AIMAIS PAS LES PLATS EN SAUCE ?

Bitenberg
et Schwartzenschtroumpf !

C'était pas un point de côté,
c'était un cancer de biais.
Y avait à mon insu, sous-jacent
à mon flanc, squattérisant mes
bronches, comme un crabe affamé
qui me broutait le poumon.
Le soir même, chez l'écailler
du coin, j'ai bouffé un tourteau.
Ça nous fait un partout.

Les tomates

Tout en déplorant de devoir pousser plus avant la provocation, il faut bien reconnaître que j'adore les tomates.

La tomate est l'aboutissement somptueux du savoir-faire divin dans le règne végétal.

D'abord elle est rouge. Pas de ce rouge bleuté qui suffit au radis. Ni de ce vermillon lisse et policé qui rutile au cul crevassé des singes obscènes du zoo de Vincennes et dont l'éclat sans nuances convient aux piments crapuleux des potées maghrébines. Encore moins de ce rouge avarié, humide et violacé, des betteraves potagères.

Qui dira l'ignominie des saladiers betteraviers Arcopal, posés comme des bouses sanglantes sur ces nappes synthétiques, méchamment imprimées de calamiteuses floralies, qui font les joies simples des tablées dominicales ouvrières ?

Le rouge de la tomate a la flamboyance assassine des couchers de soleil d'Istanbul. Je chante ici l'émouvance absolue du satin lumineux de sa peau transparente, impeccablement tendue sur les rondeurs de sa chair dense et tiède comme les joues des enfants, ferme et dure comme les fesses encore épargnées des lycéennes de 1re B de l'Institut catholique de la rue d'Assas à Paris, dans le VIe, en dessous de la Fnac Montparnasse, juste en face du marchand d'imperméables.

À l'instar de l'androgyne, jamais tout à fait mâle et pas vraiment femelle, la tomate n'est pas le fruit qu'on nous

dit, ni le légume qu'on voudrait nous faire croire.

Le charme envoûtant de son goût flibustier tient tout entier dans cette trouble ambivalence, sel acide et sucre amer, qui vous explose en bouche quand vous croquez dedans. La tomate se mérite. Sur ces cent façons de l'accommoder, la plupart conviennent à l'omnivore moyen des cantines obligées dont les papilles, coutumières des plus vulgaires tambouilles, ne se révoltent plus qu'aux excès de paprika dans les goulaschs affligeants qu'on leur sert au buffet des gares du Nord.

Le gourmet raffiné a d'autres exigences. Il renâcle aux salades niçoises concoctées dans la Meuse, surchargées d'olives en carton et de queues d'anchois marron merde, où les quartiers sommaires de tomates anémiées, sauvagement tranchées à Verdun, à peine épépinées, jamais pelées, se gercent et se racornissent dans cet infâme vinaigre d'alcool où le plus pingre gargotier punit ses cornichons.

Il s'offusque aux ratatouilles bilieuses qu'on redoute à Roubaix. Il conspue le cassoulet rosâtre qui se fige en son bol froid, récuse l'olivette hydrophile des potées cotonneuses, réfute la poivrade au gras lourd, vilipende la prétentieuse cassolette surbouillie des sous-maîtres queux adulés des gogos du Millau.

Il a pas tort.

Cinq, peut-être six manières d'accommoder la tomate sont seules dignes de l'honnête homme.

Quand on sait l'ignominie du poulet basquaise, on ne s'étonne plus de la virulence des exactions de l'ETA militaire.

CHEVAL-MELBA

Pour bien réussir le cheval-melba, prenez un cheval. Un beau cheval. Le poil doit être lisse, c'est un signe de bonne santé. L'œil doit être vif, éveillé, et on doit y sentir, dans cet œil de cheval, ce regard indéfinissable, plein de tendresse débordante et de confiance éperdue dans l'homme dont ces cons d'animaux ne se départent habituellement qu'aux portes des abattoirs. Donc, prenez un cheval. Comptez environ huit cents kilos pour mille deux cents personnes. Pendant qu'il cherche à enfouir son museau dans votre cou pour un câlin, foutez-y un coup de burin dans la gueule. Attention ! Sans le tuer complètement : le cheval, c'est comme le homard ou le bébé phoque, faut les cuire vivants, pour le jus, c'est meilleur ! Bon. Réservez les os et les intestins pour les enfants du Tiers-Monde. Débarrassez ensuite la volaille de ses poils, crinière, sabots et de tous les parasites qui y pullulent, poux, puces, jockeys, etc.

Réservez les yeux. Mettez-les de côté, vous les donnerez à bébé pour qu'il puisse jouer au tennis sans se blesser, car l'œil du cheval est très doux.

Préparez pendant ce temps votre court-bouillon, avec sel, poivre, thym, laurier, un oignon, clou de girofle, persil, pas de basilic, une carotte et un mérou qui vous indiquera, en explosant, la fin de la cuisson à feu vif, comme pour la recette du chat grand veneur : quand le chat pète le mérou bout et quand le chat bout le mérou pète.

Quand l'eau commence à frémir, le cheval aussi. Attention : s'il est rouge, c'est un homard. Si le cheval se sauve, faites-le revenir avec une échalote dans une cuillerée à soupe d'huile d'olive ou, si c'est un cheval arabe, dans une demi-cuillerée d'huile d'AAHHA-RACHID !

À l'aide d'une écumoire, chassez le naturel, s'il revient au galop, c'est que vous avez vraiment mal ajusté votre coup de burin : il faut toujours vérifier l'assaisonnement — et PAN dans la gueule. À mi-cuisson, passez au chinois. Si vous n'avez pas de chinois, passez au nègre. Éteignez la cuisson. Mais ne sortez pas encore le cheval Melba de la casserole. Laissez-le Marinella.

Pour accompagner cette délicieuse recette, je vous conseille un saint-émilion léger, Corbin Michotte 78, par exemple.

En tout cas, pas d'eau ! Jamais d'eau !

Endive, n. f.

Sorte de chicorée domestique que l'on élève à l'ombre pour la forcer à blanchir. La caractéristique de l'endive est sa fadeur : l'endive est fade jusqu'à l'exubérance.

Sa forme, qu'on peut qualifier de n'importe quoi, genre machin, est fade.

Sa couleur, tirant sur rien, avec des reflets indescriptibles à force d'inexistence, est fade.

Son odeur, rappelant à l'amnésique qu'il a tout oublié, est fade.

Son goût, enfin, puisque, dit-on, de nombreux pénitents mystiques préfèrent en manger plutôt que de crapahuter sur les genoux jusqu'à Saint-Jacques-de-Compostelle, atteint dans la fadeur gastronomique des sommets que le rock mondial frôle à peine dans la pauvreté créatrice. L'endive, en tant que

vivante apologie herbacée de la fadeur, est l'ennemie de l'homme qu'elle maintient au rang du quelconque, avec des frénésies mitigées, des rêves éteints sitôt rêvés, et même des pinces à vélo. L'homme qui s'adonne à l'endive est aisément reconnaissable, sa démarche est moyenne, la fièvre n'est pas dans ses yeux, il n'a pas de colère et sourit au guichet des Assedic. Il lit *Télé 7 Jours*. Il aime tendrement la banalité. Aux beaux jours, il vote, légèrement persuadé que cela sert à quelque chose.

Frolic

POT-AU-FEU
MARIE-CROQUETTE

Prendre une petite Marie bien ferme,
de 7 à 8 mois environ, si possible
élevée au lait sans hormones, afin
d'éviter le goût de poisson. L'œil doit
être vif, le cuisseau dodu. Compter
500 grammes par personne, avec os.

Plongez votre petite Marie dans
une cocotte pleine d'eau froide.
(Si elle se sauve, faites-la revenir
avec des échalotes.)

Ajoutez sel, poivre, thym, laurier,
hochets, tétines, etc.

Quand l'eau frémit, la Marie aussi.
Lier alors avec 50 grammes de farine
Galia premier âge, ou 30 grammes
de moutarde à moutard.

Après une demi-heure de cuisson
à feu modéré, votre Marie ne
doit plus se débattre, et la chair
doit être d'un beau rouge vif.
Il ne vous reste plus qu'à servir
en robe des champs, avec une sauce
poulette façon bonne femme, ou
en croque-bébé avec sauce biquette.
Ce plat est connu également sous
le nom de « Petite Sucrée ».
On peut aussi le confectionner
avec un Jean-Marie : on obtiendra
alors un « Petit Salé ».

Table

Le pot-au-feu Marie-Croquette, inédit, provient du cahier de recettes familiales. La photographie a été prise et développée par Pierre Desproges.

Source des citations

Tous les ouvrages sont disponibles au Seuil et chez « Points »

1, 99, 101 *Chroniques de la haine ordinaire*

13, 21, 37, 45, 85, 93, 120 *Les Réquisitoires du Tribunal des flagrants délires*

108 *La Minute nécessaire de Monsieur Cyclopède*

29, 77, 122 *Dictionnaire superflu à l'usage de l'élite et des bien nantis*

53 *Des femmes qui tombent*

61 *La seule certitude que j'ai, c'est d'être dans le doute*

69 *Les étrangers sont nuls*

117, 119 *Textes de scène*

DU MÊME AUTEUR

LIVRES

Aux éditions du Seuil et chez « Points »
Manuel de savoir-vivre à l'usage des rustres et des malpolis
Vivons heureux en attendant la mort
Dictionnaire superflu à l'usage de l'élite et des bien nantis
Des femmes qui tombent
Chroniques de la haine ordinaire, vol. 1 et 2
Textes de scène
Fonds de tiroir
Les étrangers sont nuls
La Minute nécessaire de Monsieur Cyclopède
Les Bons Conseils du professeur Corbiniou
La seule certitude que j'ai, c'est d'être dans le doute
Le Petit Reporter
Les Réquisitoires du Tribunal des flagrants délires, vol. 1 et 2
Tout Desproges (intégrale)
Desproges est vivant, une anthologie et 34 saluts à l'artiste
Desproges en petits morceaux, les meilleures citations
Le doute m'habite (textes choisis et présentés par Christian Gonon, sociétaire de la Comédie-Française)
L'Almanach

Chez d'autres éditeurs
Les Grandes Gueules par deux, en collaboration avec Patrice Ricord et Jean-Claude Morchoisne, L'Atelier *Françaises, Français, Belges, Belges, Public chéri mon amour* (dessins de Alteau, Sergio Aquindo, Cabu *et al.*), Jungle

AUDIOVISUEL
Studio canal 2010

Pierre Desproges « Intégrale »
Pierre Desproges « Tout seul en scène », Théâtre Fontaine 1984/ Théâtre Grévin 1986
L'Indispensable Encyclopédie de Monsieur Cyclopède
Je ne suis pas n'importe qui, Desproges est vivant, deux documentaires de Yves Riou et Philippe Pouchain

Site officiel
www.desproges.fr